Ingo Siegner

Der kleine Drache Kokosnuss
auf der Suche nach Atlantis

Ingo Siegner

Der kleine Drache Kokosnuss
auf der Suche nach Atlantis

FSC
www.fsc.org

MIX
Papier aus verantwor-
tungsvollen Quellen
FSC® C010328

Verlagsgruppe Random House FSC® N001967

11. Auflage
© 2011 cbj Kinder- und Jugendbuchverlag
in der Verlagsgruppe Random House GmbH,
Neumarkter Str. 28, 81673 München
Alle Rechte vorbehalten
Umschlagbild und Innenillustrationen: Ingo Siegner
Lektorat: Hjördis Fremgen
Umschlagkonzeption: basic-book-design, Karl Müller-Bussdorf
hf · Herstellung: RF
Satz und Reproduktion: Lorenz & Zeller, Inning a.A.
Druck und Bindung: Alföldi Nyomda Zrt., Debrecen
ISBN 978-3-570-15280-5
Printed in Hungary

www.cbj-verlag.de
www.drache.kokosnuss.de

Inhalt

Die Seekarte

»Kokosnuss! Aufwachen!«

Verschlafen lugt Kokosnuss zur Höhle hinaus.
Aufstehen? Jetzt? Es ist ja noch dunkel draußen.
»Wir wollen doch zum Angeln hinausfahren«,
sagt der große Drache Magnus.
Stimmt ja: Angeln!
Im Nu ist Kokosnuss hellwach. Er springt aus
dem Bett, schnappt seine Tasche und folgt seinem
Vater hinunter zur Drachenbucht.
Noch bevor die Sonne aufgeht, sind die beiden
zu den Fischgründen vor der Dracheninsel
gerudert.
Magnus wirft den Haken aus und macht es sich
bequem. Kokosnuss schaut durch den Meeresgucker. Das ist eine Kiste mit einem Fenster
darin. Damit kann man fast bis nach ganz unten
sehen.
Der kleine Drache staunt: Ein Schwarm Fische
zieht vorüber.

»Papa, hat einer angebissen?«

»Nö«, sagt der große Drache.

Jetzt erkennt Kokosnuss die Angelschnur.

»Bis wohin geht die Schnur, Papa?«

»Öhm«, murmelt Magnus. »Bis ziemlich tief nach unten.«

»Dort leben viele unbekannte Tiere, nicht?«

»Jo, eine Menge«, brummt Magnus.

»Und versunkene Inselreiche gibt es dort, stimmt's?«

»Also ... kann schon sein«, sagt Magnus und beobachtet die Schnur, die sich mit einem Mal auf und ab bewegt.

»Zum Beispiel das Inselreich Atlantis?«, fragt Kokosnuss.

Magnus kratzt sich am Kinn. »Ist das nicht so eine Geschichte, die sich jemand ausgedacht hat?«[1]

»Nein, Papa«, sagt Kokosnuss und holt eine Seekarte hervor. »Die habe ich bei Opa Jörgen in einer alten Kiste gefunden. Die Karte ist noch

[1] Der griechische Philosoph Platon hat vor vielen hundert Jahren die Geschichte eines versunkenen Reiches namens Atlantis aufgeschrieben.

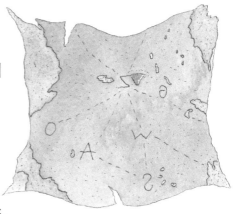

älter als Opa Jörgen und deshalb ist sie bestimmt echt.[2] Siehst du: Hier ist Atlantis eingezeichnet, wo das A ist.«

»Hm«, murmelt Magnus.

Plötzlich zieht etwas an der Angelschnur. Magnus versucht, die Schnur einzuholen, doch so sehr sich der große Drache auch anstrengt, es gelingt ihm nicht.

»Das muss ein Riesenfisch sein!«, ruft Magnus. Das Boot schaukelt hin und her. Durch den Meeresgucker erkennt Kokosnuss etwas sehr Großes, das aus der Tiefe aufsteigt.

»Au Backe!«

»Was meinst du damit?«, fragt Magnus.

Da erhebt sich ein riesenhafter Drache aus dem Wasser. Kokosnuss atmet erleichtert aus. Es ist Amadeus, der Meeresdrache, ein guter Freund von ihm.

---

[2] Opa Jörgen ist Kokosnuss Großvater. Er ist viele hundert Jahre alt.

»Euer Angelhaken hat sich in meinem Haar verfangen. Das pikst ganz schön«, brummt der Meeresdrache.

»Öh, Tschuldigung!«, sagt Magnus.

Kokosnuss fliegt auf Amadeus' Kopf, löst vorsichtig den Haken und fragt:

»Sag, Amadeus, weißt du, wo Atlantis liegt?«

»Ist das nicht so eine Geschichte, die sich jemand ausgedacht hat?«

»Nein, nein«, sagt Kokosnuss und zeigt auf die Karte.

»Hm«, murmelt Amadeus. »Die Gegend kenne ich nicht. Da ist es ziemlich tief und so lange kann ich die Luft nicht anhalten.«

»Seht ihr!«, sagt Kokosnuss. »Deshalb denken alle, dass es Atlantis gar nicht gibt. Es ist so tief versunken, dass es einfach ganz vergessen wurde.«

»Ich weiß nicht«, brummt Magnus.

»Tjö, na ja, hm«, murmelt Amadeus.

Kokosnuss stemmt die Arme in die Hüften.

»Ich werde es euch beweisen!«, sagt der kleine Drache entschlossen.

»Wie denn das?«, fragen Magnus und Amadeus verblüfft.

»Ich werde Atlantis entdecken und dann werdet ihr Riesen-Glupschaugen kriegen!«

Matilda macht mit

In der Drachenhöhle bereitet Kokosnuss alles vor: die Schnorchelausrüstung, die Seekarte, den Kompass, das Fernrohr, Trinkwasser und eine Banane. Dann läuft er zu Matilda. Das Stachelschwein ist seine beste Freundin.

»Matilda!«, ruft Kokosnuss. »Kommst du mit auf Entdecker-Reise?«

»Was gibt es denn zu entdecken?«

»Atlantis, das versunkene Inselreich.«

»Atlantis? Ist das nicht eine Geschichte, die sich jemand ausgedacht hat?«

»Das denken alle, aber sieh dir das mal an!« Kokosnuss holt die Seekarte hervor.

Matilda staunt: »Ui! Aber ... wie willst du dorthin kommen?«

»Ich gehe zu Trödel-Knödel. Vielleicht hat er ein U-Boot zu verkaufen.«

»Bei dem gibt's doch bloß Krimskrams.«

»Kommst du nun mit oder nicht?«

»Na gut«, sagt Matilda und seufzt. »Hier ist sowieso nichts los. Alle sind im Urlaub, selbst Oskar. Stell dir vor, er macht mit seinen Eltern eine Bootsfahrt. Sie wollen Fische fangen. Aber für alle Fälle haben sie ungefähr 50 gebratene Ochsen dabei.«[3]

»Der arme Oskar. Hoffentlich hat er genug Obst und Gemüse mitgenommen. Er ist doch Vegetarier.«

---

[3] Oskar ist ein kleiner Fressdrache. Fressdrachen verlassen die Drachen-insel sehr selten, denn sie fürchten, woanders nicht genug zu fressen zu finden.

Kokosnuss und Matilda machen sich auf den Weg zu Knödels Höhle. Knödel ist ein Rüsseldrache. Er handelt mit Trödel, den er unter dem Treibgut am Strand findet. Eigentlich heißt er Knut. Aber alle nennen ihn Knödel, weil sein Bauch so rund ist wie ein Knödel.

Knödel hält im Sonnenstuhl vor seiner Höhle ein Morgenschläfchen.

»Aufwachen!«, ruft Kokosnuss.

Erschrocken reißt Knödel die Augen auf.

»W-was ist los? Brennt es?«

»Nein, wir wollen ein U-Boot kaufen!«

»Mitten am Morgen? Euch fehlen wohl ein paar Schrauben in der Tüte!«

»Nein, nein, wir wollen Atlantis entdecken und dafür brauchen wir ein U-Boot.«

Knödel legt die Stirn in Falten und sagt: »Atlantis, soso, hm ja, habe davon gehört. Das ist doch so eine Geschichte, die sich jemand ausgedacht hat.«

»Bestimmt nicht«, antwortet der kleine Drache.

Knödels Stirn ist immer noch faltig. »Tjö, da

müsste ich mal gucken, aber eigentlich ist gerade keine Arbeitszeit.«

»Wann ist denn Arbeitszeit?«

»Weiß nicht. Das spürt man.«

»Und spürst du jetzt etwas?«, fragt Matilda.

Knödel hält die Nase in die Luft und brummt:

»Nö. Aber weil ihr nun einmal hier seid, will ich eine Ausnahme machen.«

Knödels Trödelhöhle

Knödels Höhle ist mit lauter Regalen, Tischen, Schränken, Kommoden und anderen Möbelstücken vollgestellt. Von der Decke hängen zahllose Lampen und in den Regalfächern liegen Kisten, Bilder, Stoffe, Puppen, Bretter, Töpfe, Pfannen und allerlei mehr. Es riecht muffig und staubig und gemütlich, wie es eben inmitten von lauter Trödel riecht.

Knödel zieht ein Ruderboot hervor. »Seht mal, beste Qualität!«

Matilda betrachtet die morschen Planken.

»Erstens«, sagt das Stachelschwein, »ist das kein U-Boot, zweitens ist es löchrig und drittens geht es bestimmt unter.«

»Hihihi«, kichert Knödel. »Und dann wäre es ja ein U-Boot.«

»Witzig!«, brummt Kokosnuss.

Er möchte lieber ein richtiges U-Boot kaufen. Da entdeckt der kleine Drache ein seltsames Ding.

Es ist flach und rund wie eine Scheibe und oben
ragt eine Glaskuppel heraus.

»Was ist denn das?«

»Das habe ich vor langer Zeit am Strand
entdeckt. Es ist ein echtes Tufo!«

»Ein was?«, fragen Kokosnuss und Matilda.

»Ein Tufo«, wiederholt der Trödeldrache. »Ein
Total Unbekanntes Flugobjekt. Es kommt garan-
tiert aus dem Weltall.«

Kokosnuss und Matilda staunen.

»Wenn etwas aus dem Weltall kommt«, murmelt der kleine Drache, »dann ist es sicher auch wasserdicht. Und wir könnten es als U-Boot benutzen.«

»Es kostet 20 Kokosnüsse.«

»20?«, wiederholt Matilda. »Bei dir sind wohl ein paar Stacheln locker!«

»Nun, äh, sagen wir 18.«

Matilda verschränkt ihre Arme vor der Brust und
brummt: »Das kann nicht dein Ernst sein, für
so eine alte Kiste 18 nagelneue Kokosnüsse zu
verlangen!«

»A-aber es ist ein richtiges Tufo!«

»Matilda«, flüstert Kokosnuss, »18 Kokosnüsse,
das geht doch.«

Aber das kleine Stachelschwein bleibt hartnäckig
und sagt: »Zehn.«

Knödel schnappt nach Luft.

»Zehn? Ich habe wohl Rüben in den Ohren!
Zehn Kokosnüsse für dieses einmalige, einzig-
artige, unglaubliche, spektakuläre ... äh ...«

»Tufo«, sagt Kokosnuss.

»Genau! Tufo! Niemals gebe ich das für zehn
lumpige Kokosnüsse her!«

Mit diesen Worten verschränkt Knödel seinerseits
die Arme vor der Brust und starrt beleidigt an
die Höhlendecke.

Matilda aber sagt: »Na gut. 15.«

Knödel blinzelt erst zu Kokosnuss und dann zu
Matilda.

»Gebongt!«, sagt der Rüsseldrache.

Matilda nickt zufrieden und fügt hinzu: »Aber
nur, wenn eine Gebrauchsanweisung dabei ist!«

Knödel rollt mit den Augen und brummt:
»Gebrauchsanweisung! Sonst noch was?«

Er schlurft zu einem alten Schreibtisch und kramt
in einer Schublade herum. Nach einer Weile
stutzt er, grinst und ruft: »Haha! Da ist sie!
Gebrauchsanweisung für Tufo Numero ›A 1701‹,
in acht Sprachen! Ordnung ist das halbe Leben!«

Und während Kokosnuss und Matilda die
Kokosnüsse besorgen, trägt Knödel das Tufo
hinunter in die Drachenbucht.

Das Tufo

Wie eine große Untertasse liegt das Tufo am Strand. Matilda liest die Gebrauchsanweisung. »Ich verstehe nur Bahnhof«, brummt das Stachelschwein. »Außerdem steht da gar nicht ›A 1701‹, sondern ein komisches umgedrehtes Z.« Kokosnuss betrachtet das Gefährt von allen Seiten. Plötzlich klatscht er in die Pfoten und ruft: »Tufo, öffne dich!«
Mit einem leisen Zischen öffnet sich die Glaskuppel.
Matilda blickt verblüfft auf die Gebrauchsanweisung und sagt: »Davon steht hier aber nichts drin.«
Kokosnuss zuckt mit den Schultern.
Die Freunde steigen in die Kanzel. Der kleine Drache klatscht erneut und ruft: »Tufo, schließe dich!«
Mit einem leisen Zischen schließt sich die Glaskuppel.

Matilda grinst, klatscht in die Pfoten und ruft:
»Tufo, losfliegen!«
Doch das Tufo bewegt sich nicht.
»Hopp! Hopp!«, ruft Matilda.
Da hüpft das Tufo zweimal in die Höhe.
»Autsch, mein Po!«, schreit das Stachelschwein.
»Hm«, murmelt Kokosnuss und schaut sich die
Schalter an. Auf jedem ist ein Symbol abgebildet:
eine Wolke, ein Fisch, ein Stern und ein
Pantoffel.

Kokosnuss drückt auf den Knopf mit der Wolke.
Es ertönt ein summendes Geräusch und das Tufo
hebt vom Boden ab. Der kleine Drache drückt
den Steuerknüppel nach vorn. Leise surrend
gleitet das Tufo durch die Luft.
»Juchhu!«, ruft Matilda. »Wir fliegen!«
Mit der Seekarte und dem Kompass bestimmen
die beiden die Reiseroute.

Eine ganze Weile schon überfliegen sie das unendliche Blau des Ozeans, als etwas Unerwartetes geschieht: Das Tufo beginnt zu scheppern und zu schaukeln wie ein Wackelkasper. Dann sinkt es im Steilflug abwärts.

»Was passiert denn jetzt?«, ruft Matilda.

Kokosnuss versucht verzweifelt gegenzusteuern, doch das Tufo klatscht auf der Wasseroberfläche auf und gibt keinen Mucks mehr von sich. Die Freunde sind starr vor Schreck. Zum Glück gehen sie nicht unter. Da blinkt ein rotes Lämpchen und eine kleine Klappe neben dem Steuerknüppel öffnet sich. Vorsichtig schaut Kokosnuss in die Öffnung hinein.

»Hm, ein dunkler Schacht.«

Plötzlich klappert die Klappe. Klapper, klapper!
Der kleine Drache erschrickt. Matilda aber holt
eine Kartoffel aus ihrer Tasche.

»Was willst du denn damit?«, fragt Kokosnuss.

»Vielleicht hat es Hunger.«

Matilda wirft die Kartoffel in die Öffnung. Ein
kurzes Brummen ertönt und plötzlich fliegt die
Kartoffel wieder heraus, genau auf Matildas Nase.

»Autsch!«

»Hihihi«, kichert Kokosnuss. »Kartoffeln mag das
Tufo schon mal nicht.«

»Sehr lustig!«, brummt Matilda.

»Warte«, sagt Kokosnuss, »ich habe etwas
anderes.«

Er wirft seine Banane in den
Schacht hinein. Wieder ist das
Brummen zu hören, ein Zittern
geht durch die Maschine,
und – schwups! – fliegt die
Bananenschale heraus,
genau auf Kokosnuss' Nase.

»Hihihi«, kichert diesmal Matilda. »Bananen mag es, nur die Schale nicht.«

In diesem Moment schließt sich die Klappe und das Tufo setzt seinen Flug fort.

Kokosnuss staunt. »Ein Tufo, das Bananen isst, so was!«

Bis in den Nachmittag hinein fliegen sie über den Ozean, dann erreichen sie ihr Ziel. Kokosnuss drückt den Schalter mit dem Fisch. Matilda hält den Atem an. Mit einem leisen Zischen gleitet das Tufo ins Meer hinein. Unter Wasser bewegt es sich beinahe ebenso schnell wie in der Luft.

»Auf in die Tiefsee«, sagt Kokosnuss und steuert das Tufo steil abwärts.

Die Tiefsee, ein Krake und ein Wal

Immer tiefer geht es hinunter, vorbei an Fischschwärmen und Korallenriffen, an Algenbänken und schroffem Gestein. Je tiefer sie tauchen, desto dunkler wird es, denn die Sonnenstrahlen reichen nicht bis ganz nach unten.

»Sieh mal, Kokosnuss!«, ruft Matilda.

Eine große, leuchtende Qualle zieht an ihnen vorbei.

Bald erreichen sie die nachtschwarze Tiefsee.

In der Kanzel wird es automatisch hell und an der Unterseite des Tufos schalten sich Scheinwerfer ein.

»Dort, das sind Tiefsee-Schlote!«, sagt Kokosnuss und zeigt auf merkwürdige steinerne Türme, aus denen schwarzer Rauch aufsteigt.

Viele seltsame Geschöpfe begegnen ihnen hier: grimmig dreinblickende Stachelfische, Riesenröhrenwürmer und Schlotkrabben. Von Atlantis aber ist keine Spur zu sehen.

Als das Tufo über eine Unterwasserschlucht hinweggleitet, beginnt es wieder zu rumoren. Das rote Lämpchen blinkt und die Klappe öffnet sich.

»Oh nein, das Tufo hat schon wieder Hunger!«, sagt Matilda.

»Auweia, ich habe keine Banane mehr«, sagt Kokosnuss und zieht den Steuerknüppel mit aller Kraft nach oben, doch das Tufo trudelt immer weiter abwärts.

»Au Backe, au Backe!«, ruft Matilda.

In diesem Moment erlöschen die Lichter. Nur eine schwache Notlampe leuchtet noch in der Kanzel und ein Zittern und Knacken gehen durch das Tufo.

»Was war das?«, fragt das Stachelschwein.

»Ich glaube«, flüstert Kokosnuss mit angsterfüllter Stimme, »der Wasserdruck hier unten ist zu hoch. Über uns ist so viel Wasser, dass es uns zusammendrücken könnte wie eine Konservenbüchse.«

»P-p-prima, dann sind wir platt wie Brief-
marken.«

Mit vernehmlichem Ächzen kommt das Tufo auf
dem Meeresgrund auf.

»D-das Tufo hält«, flüstert Kokosnuss.

»A-aber«, stottert Matilda, »wie kommen wir jetzt
hier weg? Zum Schnorcheln ist es viel zu tief.«

Da erschrickt Kokosnuss. »Hast du das gesehen?«
Jetzt sieht auch Matilda den riesigen Kraken,
der im Dunkeln an ihnen vorbeizieht.

»Oje, ist der groß!«

Plötzlich packen ein paar mächtige Fangarme
das Tufo und ziehen es fort. Ängstlich beobachten
die Freunde, wie die Saugnäpfe des Kraken
schmatzend über die Glaskuppel schlabbern.
Matilda hält den Atem an. »Hoffentlich zerdrückt
er uns nicht!«

Doch da lässt der Krake von ihnen ab. Das Tufo
trudelt erneut auf den Grund.

»Was ist denn jetzt los?«, fragt Matilda.
Ein riesiges Maul packt das Tufo und steigt mit
ihm auf.

»Jetzt werden wir bestimmt von diesem Kraken zermalmt«, flüstert Matilda mit zitternder Stimme.

»Das ist kein Krakenmaul«, murmelt Kokosnuss. »Das sind Walfischzähne.«

Vorsichtig blickt der kleine Drache hinaus. Tatsächlich, ein riesiger weißer Pottwal!

»Das ist Kasimir!«, ruft Kokosnuss erleichtert.[4]

Als der Wal die Wasseroberfläche erreicht, gibt er das Tufo frei. Kokosnuss klatscht in die Pfoten und die Glaskuppel öffnet sich.

»Kokosnuss!«, sagt der Wal. »Habe ich doch richtig gesehen.«

»Kasimir!«, ruft der kleine Drache freudig. »Das war Rettung im letzten Moment!«

»Und für mich war es ein leckeres Abendessen.«

Matilda traut ihren Ohren nicht. »Hast du den Kraken etwa aufgegessen?«

»Aber ja! Kraken sind mein Leibgericht.«

Das Stachelschwein schüttelt sich. Glibberige Krakenarme mit glitschigen Saugnäpfen, büh!

---

[4] Kasimir und Kokosnuss kennen sich aus dem ersten Kokosnuss-Buch »Der kleine Drache Kokosnuss«.

»Was macht ihr denn in der Tiefsee?«

»Wir suchen Atlantis«, antwortet Kokosnuss.

»Weißt du, wo es liegt?«

»Atlantis?«, fragt Kasimir. »Ist das nicht so eine Geschichte, die sich jemand ausgedacht hat?«

»Aber nein!«, sagt Kokosnuss und holt die Seekarte hervor.

Der Wal wirft einen Blick darauf. »Hm, der Karte nach seid ihr richtig. Ich kenne diese Gegend wie meine Fluke[5], aber Atlantis habe ich hier noch nicht gesehen.«

Enttäuscht lässt Kokosnuss die Schultern sinken. Da fällt Kasimir etwas ein. »Ich bin einmal an versunkenen Ruinen vorbeigekommen. Ungefähr hier.« Er zeigt auf die Seekarte.

---

[5] Eine Fluke ist die Schwanzflosse des Wales.

»Versunkene Ruinen!«, ruft Kokosnuss. »Das muss es sein!«

»Dort müsst ihr aber aufpassen«, sagt Kasimir. »In den Ruinen lebt Muriel, die Muräne. Sie hat ein Riesenmaul mit spitzen Zähnen, und wenn sie schlechte Laune hat, kann sie ziemlich unangenehm werden.«

»Oh«, sagt Matilda leise.

Plötzlich sieht Kokosnuss eine Bewegung am Horizont. Er holt sein Fernrohr hervor.

»Glück muss man haben!«, ruft der kleine Drache. »Da ist Oskar! Er hat bestimmt Bananen

dabei. Dann können wir das Tufo wieder starten.«

Das Boot der Fressdrachen-Familie kommt genau auf sie zu.

»Ähm«, murmelt Kasimir, »dann braucht ihr mich sicher nicht mehr, oder?«

Mit einem mächtigen Flukenschlag taucht der Wal wieder hinab in die Tiefsee.

»Der ist aber schnell verschwunden«, wundert sich Matilda.

»Ich glaube«, sagt Kokosnuss, »er hat ein wenig Angst vor den Fressdrachen.«

Das Fressdrachenboot

Auf dem Boot liegen Oskars Eltern in der Sonne. Von den vielen Ochsenkeulen mit Honigkruste sind sie furchtbar müde geworden und eingeschlafen. Der kleine Oskar sitzt derweil am Steuer und blickt über das Meer. Was für ein langweiliger Ausflug! Plötzlich aber reibt er sich die Augen. Dahinten ... sind das nicht Kokosnuss und Matilda?

Da hört er sie schon rufen: »Oskar! Hierher!« Oskar ist ganz aus dem Häuschen. Endlich ist etwas los! Er steuert geradewegs auf das Tufo zu.

»Was macht ihr denn hier?«, ruft der kleine Fressdrache. Er freut sich riesig, seine Freunde wiederzusehen. »Ist das ein U-Boot?«

»Das ist ein Tufo«, erklärt Kokosnuss. »Es kann fliegen und tauchen, aber nur, wenn es Bananen bekommt.«

Oskars Augen leuchten. »Ich habe welche dabei!«

»Prima!«, sagt Kokosnuss. »Willst du nicht bei uns mitmachen?«

In diesem Augenblick wachen Oskars Eltern auf. Sein Vater Herbert schaut über den Bootsrand. Matilda versteckt sich schnell unter dem Steuerknüppel und Kokosnuss bekommt eine Gänsehaut. Bei Oskars Vater weiß man nämlich nie, ob er nicht plötzlich Hunger auf kleine Feuerdrachen oder Stachelschweine hat.

»Wow«, brummt Herbert. »Schicker Schlitten. Darf ich auch mal mitfahren?«

»Herbert!«, sagt Oskars Mutter Adele. »Du bist viel zu dick für das kleine Dingsda!«

»Ich bin überhaupt nicht dick«, erwidert Herbert. »Ich habe einen Ochsenbauch!«

»Mama, darf ich zu Kokosnuss und Matilda umsteigen?«, fragt Oskar.

»Wo fahrt ihr überhaupt hin?«, fragt Adele.

»Wir suchen Atlantis«, antwortet Kokosnuss.

»Atlantis?«, murmelt Herbert. »Ist das nicht so eine Geschichte, die sich jemand ausgedacht hat?«

»Nein, nein«, versichert Kokosnuss. »Ich habe eine Karte. Darauf ist Atlantis eingezeichnet.«

»Ach so«, sagt Herbert.

»Wenn ihr heute Abend rechtzeitig wieder auf der Dracheninsel seid«, sagt Adele, »darfst du mitfahren, Oskar.«

Das lässt Oskar sich nicht zweimal sagen. Flink holt er seinen Obstkorb und steigt zu Kokosnuss und Matilda in das Tufo.

»Hier ist eine schöne krumme Banane«, sagt der kleine Fressdrache.

Kokosnuss schält die Banane und wirft sie in den Schacht. Im Inneren des Tufos ertönt ein wohliges Grummeln.

»Wollt ihr nicht einen Bratochsen mitnehmen? Für alle Fälle?«, fragt Oskars Vater.

»Herbert«, sagt Adele, »der ist auch zu dick für das Dingsbums. Das sieht man doch!«

»Natürlich ist der Ochse dick.
Sonst wäre er ja kein Ochse!«,
brummt Herbert.
»Tschühüß!«, ruft Oskar und
winkt seinen Eltern zum
Abschied zu.

Die Muräne Muriel

»Hier müsste es sein«, sagt Kokosnuss und lenkt das Tufo ins Wasser hinein.

»Wow, wir tauchen!«, staunt Oskar.

Kaum sind sie unter Wasser, traut Kokosnuss seinen Augen nicht: Vom Meeresgrund erheben sich steinerne Säulen und Ruinen. Einige sind vom Sand halb verschluckt, andere von Algen überwuchert.

»Atlantis! Wir haben es gefunden!«, jubelt Kokosnuss.

Plötzlich hält er inne. Vor einer großen Ruine sehen sie ein Schild:

Muriel Mömmelmann, Muräne

»Vielleicht kann die Muräne uns etwas über Atlantis erzählen?«, sagt Kokosnuss und legt seine Taucherflossen und den Schnorchel an.

»Du willst doch nicht etwa tauchen?«, fragt Matilda entgeistert. »Die Muräne verschlingt dich mit Haut und Schnorchel!«

»Ach, die tut schon nichts«, entgegnet der kleine Drache und schlüpft durch die Taucherluke.

»Das ist mal wieder typisch!«, protestiert Matilda. »Gleich gerät er in Schwierigkeiten und wir müssen ihn rausholen!«

»Ich tauche hinterher«, sagt Oskar und gleitet durch die Luke ins Wasser.

»Hmpf, auch das noch«, brummt Matilda, legt Flossen und Schnorchel an und folgt den beiden Drachenjungen.

Vor der Ruine entdecken die Freunde eine kleine Glocke. Kokosnuss zieht an der Kordel.

Bimmel, bimmel!

Sie blicken in das Dunkel der Ruine und warten. Hoffentlich haben sie die Muräne nicht geweckt.

Ein wenig mulmig wird ihnen jetzt doch. Da erscheint ein mächtiger, grimmig schauender Muränenkopf. Unwillkürlich weichen die drei zurück. Ängstlich blicken sie auf das große Maul mit den spitzen Zähnen.

Au Backe, denkt Kokosnuss. Hoffentlich hat sie keine schlechte Laune. Vielleicht war es doch keine gute Idee. Hier unten kann ich nicht einmal Feuer speien.

Die riesige Muräne schießt heraus und schlängelt um die drei kleinen Taucher herum. Die Freunde kriegen einen Riesenschreck. Die Muräne spricht mit tiefer Stimme: »Was wollt ihr hier, ihr Fremd-getier?«

»Wir, äh, blubb, blubb«, sprudelt es aus Kokosnuss heraus und er merkt, dass unter Wasser zu sprechen nicht so einfach ist, »suchen Atlantis.«

»Atlantis? Ist das nicht erdacht und ganz aus Fantasie gemacht?«

»Blubb, blubb, aber diese Ruinen ...?«

»Dies war eine Römerstadt, die das Meer verschlungen hat.«

Römer? Kokosnuss ist enttäuscht. Er hatte so sehr gehofft, endlich Atlantis gefunden zu haben.

»Blubb, blubb, darf ich kurz Luft holen?«, fragt er die Muräne.

»Luft braucht er, dass ich nicht lache! So bist du gar kein Wasserdrache?«

»Nein, blubb, blubb«, sagt Kokosnuss und taucht nach oben.

Matilda und Oskar tun es ihm gleich, denn auch ihnen geht die Puste aus. Oben atmen die drei tief durch.

»Und was machen wir jetzt?«, fragt Matilda.

»Vielleicht weiß Muriel doch etwas über Atlantis«, sagt Kokosnuss. »Ich frage sie noch einmal!«

Schwupps, ist Kokosnuss hinabgetaucht und fragt: »Wo könnte Atlantis denn sonst noch liegen?«

Die Muräne Muriel überlegt.

»Einst erzählte mir bei Tisch ein weitgereister alter Fisch, er sei auf eine Stadt getroffen, die sei im Meere abgesoffen und läg nun da wie 'n toter Wal, schwarz und rostig und ganz kahl.«

»Das muss es sein!«, ruft Kokosnuss begeistert. »Weißt du, blubb, wo das war?«

»Wenn ich mich jetzt recht entsinn, war das wohl im Nordmeer drin. Bist du dort, dann rechter Hand, dort liegt sie im Tiefseesand.«

»Danke, Muriel, vielen Dank!«, sagt Kokosnuss und taucht zum Tufo zurück.

Auch Matilda und Oskar bedanken sich und folgen dem kleinen Feuerdrachen. Die Muräne blickt ihnen nach, schüttelt den Kopf und kehrt in ihre Ruinenhöhle zurück.

Als die drei Abenteurer wieder ihre Plätze im Tufo eingenommen haben, verkündet Kokosnuss voller Tatendrang: »Auf zum Nordmeer!«

Die Stadt im Nordmeer

Schnell wie der Wind zischt das Tufo in Richtung Nordmeer. Oskar legt ein paar Bananen nach und schon bald sehen sie die ersten Eisberge. Kokosnuss lenkt das Tufo hinab auf den Meeresgrund. Lange suchen die Freunde in der Tiefe. Als sie schon aufgeben wollen, ruft Oskar plötzlich: »Seht mal!«

Vor ihnen ragt ein riesiges Schiffswrack aus dem sandigen Boden. Es hat mehrere Decks mit unzähligen Räumen, Fenstern und Türen, Treppen und Gängen.

»Das ist ein untergegangener Dampfer«, sagt Matilda.

Kokosnuss lässt die Schultern sinken. Der kleine Drache ist furchtbar enttäuscht. Verdrossen sagt er: »Ich glaube, Atlantis gibt es überhaupt nicht.«

»Habt ihr überall gesucht?«, fragt Oskar.

»Im ganzen Ozean«, brummt Kokosnuss.

»Aber es gibt doch mehrere Ozeane.«

»Also, mir reicht einer«, sagt Matilda. »Ein
einziger Ozean ist so groß, da weiß man am
Ende gar nicht mehr, wo der Anfang war.«
»Und was machen wir jetzt?«, fragt Oskar.
Kokosnuss ist ratlos und traurig. So sehr hatte er
sich darauf gefreut, das geheimnisvolle Atlantis
zu entdecken!
»Ach, lasst uns nach Hause fliegen«, sagt der
kleine Drache verdrossen.
Er steuert das Tufo an die Wasseroberfläche.
Dichte, graue Wolken bedecken den Himmel.
»Wie ungemütlich«, sagt Matilda.
Kokosnuss holt den Kompass hervor. Nanu?
Die Kompassnadel bewegt sich nicht mehr. Er
schüttelt kräftig, doch die Nadel bleibt starr.
»Wir haben ein Problem«, murmelt der kleine
Drache.
»Willst du damit sagen, dass wir nicht mehr nach
Hause finden?«, fragt Matilda.
»Vielleicht ist der Nordpol zu nah«, sagt Oskar.
»Ich habe mal gehört, dass ein
Kompass dort nicht funktioniert.«

Kokosnuss blickt in den grauen Himmel. »Nach der Sonne können wir uns nicht richten. Die ist nicht zu sehen.«

Er klatscht in die Pfoten. Mit einem leisen Zischen öffnet sich die Glaskuppel.

Die Freunde schauen sich um. In der Ferne ragen dunkel ein paar Eisberge aus dem Meer. Doch sonst sehen sie nur Wasser und Wolken, bis zum Horizont.

»Au Backe«, flüstert Matilda.

»Haben wir noch zu essen und zu trinken?«, fragt Kokosnuss.

»Äh, vier Bananen und Trinkwasser«, zählt Oskar auf.

In diesem Moment öffnet sich die Klappe.

Kokosnuss seufzt. »Das Tufo hat Hunger.«

»Ich auch«, sagt Oskar.

»Und ich erst«, sagt Matilda.

So werden die letzten Bananen aufgeteilt, eine für Matilda, eine für Oskar, eine für Kokosnuss und eine für das Tufo. Bald wird es dunkel und ein eisiger Wind kommt auf.

Matilda fröstelt. »Brrr, mir ist kalt.«

Kokosnuss schließt die Glaskuppel. Im Tufo wird es schnell wohlig warm.

»Hm«, murmelt Kokosnuss, »ob ich mal den Knopf mit dem Pantoffel drücke?«

»Was bedeutet der denn?«, fragt Oskar.

»Wahrscheinlich Schlafengehen oder Zurück-nach-Hause.«

»Bloß nicht!«, sagt Matilda. »Dann fliegt es ins Weltall!«

»Oder es fliegt zur Dracheninsel zurück«, sagt
Kokosnuss. »Vielleicht ist die Dracheninsel ja
sein Zuhause.«
»Ich bin für Pantoffel«, meldet sich Oskar. »Das
wird bestimmt lustig!«
Matilda überlegt. Sie blickt auf die graue See und
den grauen Himmel und seufzt.
»Also gut – einverstanden!«
Kokosnuss atmet tief durch und drückt den
Pantoffel-Knopf.

Atlantis!

Das Tufo zischt raketenschnell in den Himmel.
Schon durchstoßen sie die Wolkendecke.
Darüber liegt ein blauer Himmel in gleißendem
Sonnenschein.
»Wenn ich das zu Hause erzähle!«, murmelt
Oskar.
»Auweia«, flüstert Matilda. »Gleich kommt das
Weltall.«
Doch gerade als sie die ersten Sterne funkeln
sehen, saust das Tufo in einem Bogen wieder zur
Erde zurück.
»Was ist denn jetzt los?«, ruft Matilda.
»Hihihi«, kichert Oskar. »Schöner als Achter-
bahnfahren!«
»Seht mal, da unten!«, ruft Kokosnuss.
Unter ihnen ragt ein mächtiger Vulkan aus dem
Meer. Seinem Krater entsteigen riesige Asche-
wolken. Matilda blickt auf die Seekarte und sagt:
»Hm, auf der Karte ist ein Vulkan eingezeichnet.

Und daneben steht ein umgedrehtes Z, genau
wie in dieser komischen Gebrauchsanweisung.«
Das Tufo taucht ins Meer hinein und gleitet am
Vulkanhang hinab. Zuerst können die Freunde in
dem trüben Wasser kaum etwas erkennen. Dann

reiben sie sich die Augen: Nur wenig unterhalb
der Wasseroberfläche erheben sich unzählige
Türme und Kuppeln, hohe und niedrige, runde
und spitze, pilzförmige und sternförmige, eckige
und runde. Eine riesige Unterwasserstadt! Viele
der Gebäude sind eingestürzt, einige haben tiefe
Risse, andere sind nur noch Ruinen.

»Das untergegangene Reich«, flüstert Kokosnuss.
»Das Tufo hat uns nach Atlantis geführt.«

»Dies ist sein Zuhause«, sagt Matilda verblüfft.

»Und das umgedrehte Z bedeutet vielleicht A
wie Atlantis?«

»Cool«, murmelt Oskar, »Geheimschrift«.

Das Tufo setzt inmitten der Ruinen auf und
schaltet sich aus. Die Freunde blicken sich um.

»Und was nun?«, fragt Matilda.

Kokosnuss setzt seine Taucherbrille auf und sagt:
»Wir gucken uns Atlantis an!«

Plötzlich erzittert der Meeresboden und das Tufo
wird hin- und hergeschüttelt. Erschrocken halten
sich die Freunde fest. Dann ist es wieder ruhig.

»Was war das?«, fragt Matilda in die Stille hinein.

»Das war ein Seebeben«, sagt der kleine Drache.
»Das kommt von dem Vulkan.«

»Äh, könnte das gefährlich werden?«, fragt
Matilda.

Da bohrt sich genau vor ihnen ein spitzes Turm-
stück in den Meeresboden.

»Ups«, murmelt Oskar. »Vielleicht sollten wir
lieber verschwinden. Ich meine, wir haben
Atlantis ja jetzt entdeckt.«

»Ganz deiner Meinung«, sagt Matilda.

»Wartet!«, sagt Kokosnuss. »Ich muss nur kurz
hinaus und etwas holen.«

Noch ehe die anderen protestieren können,
hat sich der kleine Feuerdrache die Flossen
angezogen und ist durch die Luke hinabgetaucht.

»Was macht er denn jetzt?«, ruft Matilda
aufgeregt.

Lavabrocken zischen durch das Wasser. Manche
glühen sogar noch.

Ach, du grüne Neune!
Kokosnuss taucht zwischen den Ruinen
hindurch. Vorhin hat er etwas gesehen, das er
unbedingt mitnehmen möchte! Wo war das
noch? Ah, dort ist es ja! Am Rande der Ruinen
steckt eine steinerne Tafel im Sand. Darauf stehen
seltsame Schriftzeichen.

Flink zieht Kokosnuss die Tafel heraus und macht sich auf den Rückweg. Plötzlich bebt wieder die Erde und neben ihm stürzt eine Säule um. Noch ehe der kleine Drache ausweichen kann, ist seine Pfote unter der Säule eingeklemmt.

»Auaautsch! Blubb!«, schreit er.

Da wird die Säule angehoben: Oskar! Er ist Kokosnuss gefolgt. Ein Glück! Jetzt aber schnell zurück zum Tufo, bevor alles einstürzt.

Als die beiden Drachenjungen wieder in der Kanzel sind, versucht Matilda, das Tufo zu starten. Doch es bewegt sich nicht von der Stelle.

»Was hat es?«, fragt Kokosnuss.

»Keine Ahnung«, brummt Matilda. »Hunger kann es ja wohl nicht haben.«

Wieder schüttelt sie ein Seebeben durch. Erschrocken halten sich die Freunde fest.

»Tufo, liebes Tufo!«, ruft Kokosnuss.

»Bitte bring uns zur Drachen-insel zurück!«

Das Tufo aber bleibt stumm.

»Du bekommst jeden Tag
zwei Bananen!«, ruft Matilda.
»Drei!«, sagt Kokosnuss.
»Hundert!«, ruft Oskar.
»Hundert Bananen?«, wiederholt Matilda.
»Davon bekommt es ja Verstopfung.«
Das Tufo regt sich immer noch nicht. Kokosnuss
blickt hinaus: Immer mehr Lavabrocken zischen
durch das Wasser und immer mehr Ruinen
brechen zusammen. Ob Atlantis nun endgültig
untergeht? Oh weh, wenn sie hierbleiben,
werden sie jämmerlich ertrinken oder in der
glühenden Lava umkommen!
»Haben wir nicht noch irgendetwas zu essen,
außer Kartoffeln?«, fragt Kokosnuss verzweifelt.
Da räuspert sich Oskar: »Ähm, ich habe noch
einen Apfelkrapfen, aber der ist eigentlich mein
Nachtisch.«
Apfelkrapfen! Das ist ungefähr das Leckerste,
was man sich vorstellen kann. In diesem Augenblick öffnet sich die Klappe. Oskar wirft seinen
Krapfen in die Öffnung. Die Klappe schließt sich,

61

das Tufo schüttelt sich und die Lämpchen auf der Tragfläche blinken.

»Es mag Apfelkrapfen, war ja klar«, brummt Matilda. Sie öffnet die Klappe und ruft hinein: »Wenn du uns zur Dracheninsel bringst, dann kriegst du jeden Tag frische Apfelkrapfen mit Bananen!«

Da springt der Motor an.

»Gut gemacht, Matilda!«, sagt Kokosnuss, setzt sich ans Steuer und lenkt das Tufo geschickt um die einstürzenden Ruinen herum. Mit Schwung rauschen sie aus dem Meer und lassen den brodelnden Vulkan hinter sich.

»Kurs auf die Dracheninsel!«, ruft Kokosnuss.

»Kurs auf die Dracheninsel!«, rufen Matilda und Oskar.

Ob das Tufo den Rückweg zur Dracheninsel findet?

Ein Feuer in der Drachenbucht

Als auf der Dracheninsel die Dunkelheit hereinbricht, entzünden die großen Drachen ein Lagerfeuer am Strand.

»Wo sie nur bleiben?«, fragt Adele unruhig.

»Und sie haben wirklich gesagt, dass sie heute Abend zurück sind?«, fragt Magnus.

»Ja, das haben sie gesagt«, versichert Herbert.

Mette schaut besorgt in den Sternenhimmel. »Aber in der Nacht werden sie den Weg nicht finden.«

»Die schaffen das schon«, sagt Knödel und stopft sich ein Pfeifchen.

Magnus kneift die Augen zusammen. Dieser eine Stern dort, der bewegt sich doch!

»Das sind sie!«, ruft Magnus.

Jetzt erkennen die Drachen das Tufo, das sich schnell der Drachenbucht nähert. Allen fällt ein Stein vom Herzen!

Kaum ist das Tufo auf dem Strand gelandet, öffnet sich die Glaskuppel und Kokosnuss springt heraus.

»Wir haben Atlantis entdeckt!«, ruft der kleine Drache.

Die großen Drachen hören wohl nicht recht! Atlantis entdeckt? Sie schütteln die Köpfe und rümpfen die Nasen.

Doch dann lauschen sie, was die drei Abenteurer am Lagerfeuer erzählen: von dem Kraken in der Tiefsee, von Kasimir dem Pottwal, von Muriel der Muräne, von dem versunkenen Dampfer im Nordmeer und von Atlantis und dem Lava speienden Vulkan. Am Ende hält Kokosnuss stolz die Tafel in die Höhe, die er aus Atlantis mitgebracht hat. Neugierig kommen die Drachen näher.

»Das kann man ja gar nicht lesen«, brummt Magnus enttäuscht.

»Das könnte atlantische Schrift sein«, sagt
Kokosnuss.
Da meldet sich Knödel: »Lasst mich einmal
sehen!«
Der Trödeldrache setzt seine Lesebrille auf und
betrachtet die fremdartigen Schriftzeichen.

»Genau, das ist Atlantisch, eine untergegangene Sprache. Hier steht: Inselreich Atlantis, Partnerreich von Remmidemmi, Mars 3°, zwei rechts, zwei links.«

»Dann kommen die Atlantis-Bewohner aus dem Weltall«, sagt Kokosnuss.

»Und eines Tages ist ihre Insel untergegangen«, sagt Matilda.

»Wegen des Vulkans«, fügt Oskar hinzu.

»Und die Bewohner?«, fragt Magnus.

Kokosnuss blickt zu den Sternen hinauf.

»Vielleicht leben sie jetzt auf dem Mars?«

Nachdenklich betrachten die großen Drachen den Nachthimmel.

Mette runzelt die Stirn. »Nun ja, schon möglich, aber jetzt habt ihr erst einmal genug Abenteuer erlebt. Morgen beginnt die Schule.«

»Ganz richtig«, sagt Adele.

»Genau«, sagen Magnus und Herbert.

»Korrekt«, sagt Knödel und gähnt. »Ich muss morgen auch wieder arbeiten. Gute Nacht allerseits.«

Mit diesen Worten stapft der Trödeldrache zu seiner Höhle. Auch die anderen Drachen machen sich auf den Nachhauseweg. Kokosnuss, Matilda und Oskar aber bleiben noch eine Weile im Sand der Drachenbucht sitzen und schauen zu den Sternen hinauf.

Ob man den Mars mit bloßem Auge sehen kann? Plötzlich hören sie das Tufo grummeln.

»Oh«, sagt Kokosnuss, »wir haben ihm doch etwas versprochen.«

»Ich weiß, wo es die besten Bananen gibt«, sagt Matilda.

»Und ich besorge eine Riesentüte voll Apfel-krapfen«, sagt Oskar.

Da wippt das Tufo hin und her und seine Lämpchen leuchten fröhlich rundherum.

Ingo Siegner, 1965 geboren, wuchs in Großburgwedel auf.
Schon als Kind erfand er gerne Geschichten. Später brachte
er sich das Zeichnen bei. Mit seinen Büchern vom kleinen
Drachen Kokosnuss, die in viele Sprachen übersetzt sind,
eroberte er auf Anhieb die Herzen der jungen LeserInnen.
Ingo Siegner lebt als Autor und Illustrator in Hannover.

Ingo Siegner
Der kleine Drache Kokosnuss
und das Vampir-Abenteuer

72 Seiten, ISBN 978-3-570-13702-4

Der kleine Drache Kokosnuss und seine Freundin Matilda trauen
ihren Augen nicht: Ein Vampir-Junge vollführt halsbrecherische
Flug-Manöver über der Dracheninsel und versetzt alle in Angst und
Schrecken. Was soll das? Will Bissbert die Inselbewohner beißen und
alle zu Vampiren machen? Nur gut, dass Kokosnuss mutig genug ist,
der Sache auf den Grund zu gehen: Vampir-Junge Bissbert sucht
nämlich verzweifelt die eine Drachen-Blutgruppe, die Nachtblindheit
bei Vampiren heilen kann! Denn Bissberts Vater fliegt nachts immer
häufiger gegen Kirchtürme und Wolkenkratzer! Ob Kokosnuss und
Matilda die Drachen überreden können, dem kleinen Vampir zu helfen?

cbj

www.cbj-verlag.de

Ingo Siegner
Der kleine Drache Kokosnuss im Spukschloss

72 Seiten, mit farbigen Illustrationen, ISBN 978-3-570-13039-1

Vor einem nächtlichen Gewitter retten sich der kleine Drache Kokosnuss und seine Freundin Matilda ins Schloss Klippenstein. Doch an eine geruhsame Nacht ist nicht zu denken: Beim zwölften Schlag der Turmuhr taucht ein kopfloses Gespenst auf und versetzt die Freunde in Angst und Schrecken. Kokosnuss und Matilda erfahren, dass im Schloss die Gespensterdame Klemenzia haust, die niemanden in ihrer Nähe duldet. Höchste Zeit, das ungehobelte Gespenst in seine Schranken zu weisen ...

cbj

www.cbj-verlag.de

Alle Kokosnuss-Abenteuer auf einen Blick:

Der kleine Drache Kokosnuss (978-3-570-12683-7)

Der kleine Drache Kokosnuss kommt in die Schule (978-3-570-12716-2)

Der kleine Drache Kokosnuss – Hab keine Angst! (978-3-570-12806-0)

Der kleine Drache Kokosnuss und der große Zauberer (978-3-570-12807-7)

Der kleine Drache Kokosnuss und der schwarze Ritter (978-3-570-12808-4)

Der kleine Drache Kokosnuss und seine Abenteuer (978-3-570-13075-9)
gekürzte Fassung des Bilderbuchs »Der kleine Drache Kokosnuss« (978-3-570-12683-7)

Der kleine Drache Kokosnuss – Schulfest auf dem Feuerfelsen (978-3-570-12941-8)

Der kleine Drache Kokosnuss besucht den Weihnachtsmann (978-3-570-13202-9)

Der kleine Drache Kokosnuss und die Wetterhexe (978-3-570-12942-5)

Der kleine Drache Kokosnuss reist um die Welt (978-3-570-13038-4)

Der kleine Drache Kokosnuss und die wilden Piraten (978-3-570-13437-5)

Der kleine Drache Kokosnuss im Spukschloss (978-3-570-13039-1)

Der kleine Drache Kokosnuss und der Schatz im Dschungel (978-3-570-13645-4)

Der kleine Drache Kokosnuss und das Vampir-Abenteuer (978-3-570-13702-4)

Der kleine Drache Kokosnuss und das Geheimnis der Mumie (978-3-570-13703-1)

Der kleine Drache Kokosnuss und die starken Wikinger (978-3-570-13704-8)

Der kleine Drache Kokosnuss auf der Suche nach Atlantis (978-3-570-15280-5)

Der kleine Drache Kokosnuss bei den Indianern (978-3-570-15281-2)

Der kleine Drache Kokosnuss im Weltraum (978-3-570-15283-6)

Der kleine Drache Kokosnuss reist in die Steinzeit (978-3-570-15282-9)

Der kleine Drache Kokosnuss – Schulausflug ins Abenteuer (978-3-570-15637-7)

Der kleine Drache Kokosnuss bei den Dinosauriern (978-3-570-15660-5)

Der kleine Drache Kokosnuss und der geheimnisvolle Tempel (978-3-570-15829-6)

Der kleine Drache Kokosnuss und die Reise zum Nordpol (978-3-570-15863-0)

Der kleine Drache Kokosnuss – Expedition auf dem Nil (978-3-570-15978-1)

Der kleine Drache Kokosnuss – Vulkan-Alarm auf der Dracheninsel (978-3-570-17303-9)

Der kleine Drache Kokosnuss bei den wilden Tieren (978-3-570-17422-7)

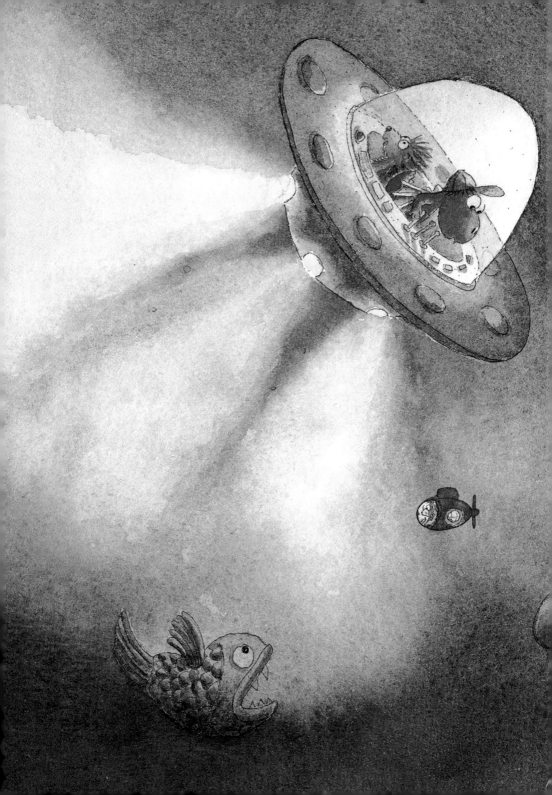